1

Einleitung

Am 10.Mai 2004 um 18:00 wurde er von mir auf dem Boden kollernd und schreiend gefunden. Die Eltern des Kleinen flogen aufgeregt hin und her und konnten ihm nicht helfen. Wie sollte er auch nur in das Nest kommen, praktisch war das seinen Eltern nicht möglich. Es war uns sofort klar, dem armen Vogel muss sofort geholfen werden, da auf dem Campingplatz einige Katzen unterwegs waren und auch unser Vorzelt markierten.

Unser Problem war natürlich, darf man den Kleinen berühren, ohne dass die Eltern ihn verstoßen? Wir mussten das Risiko in kauf nehmen. Er musste sofort vom Boden auf den Baum, um wenigstens etwas sicher zu sein. Leider fiel er vom Ast und wurde von mir wieder aufgefangen. So bekam er in einem Blumentopf, der in einer Astgabel befestigt wurde, sein Nest. Nach ein paar Minuten fing er zu schreien an, worauf er von seinen Eltern gefüttert wurde. Für diesen Tag war er etwas sicher und die Eltern nahmen die Berührung nicht übel. Da er am nächsten Tag immer wieder aus seinem Nest fiel, da die Eltern ihn höher auf den Baum locken wollten, bekam er in einem Karton am Boden sein Nest. Er wurde 2 Wochen von uns ständig unter Aufsicht gehalten, versorgt und bei Abstürzen noch vor der Katze gefunden. Der Kontakt von den Eltern wurde nicht abgebrochen und auch von den Eltern wurde er gefüttert. Nach ein paar Tagen hörte er sogar schon auf seinen Namen und kam angeflogen. Er wusste, falls die Landung missglückt, er wird aufgefangen. Jetzt ist er wie seine Brüder, lässt sich nicht mehr angreifen und das ist für sein Überleben gut.

Charly

Hallo Leute,
ich möchte mich vorstellen heute!
Es war am 10. Mai,
da war es mit der Nestruhe vorbei.
Meine 3 Geschwister, alle größer als ich,
machten Radau, nahmen keine Rücksicht auf mich!
Mein großer Bruder rempelte mich an,
ich fiel aus dem Nest und kam am Boden unsanft an!
So lag ich am Boden, verbeult doch einerlei,
ich machte ein Riesengeschrei!
Ich wollte weiter leben,
nicht für die Katz' einen guten Happen abgeben!
So wurde ich sanft vom Boden aufgelesen
und mir wurde unterdessen,
ein eigenes Nest mit einem Blumentopf gebaut,
da haben aber alle Leute geschaut!

Meine Eltern haben unterdessen,
auf mich ganz vergessen!
Sie fütterten die restlichen Drei,
ich war ihnen einerlei!
So wurde ich ganz ungeniert,
von den Reserveeltern adoptiert!
Hackfleisch wurde als Futter aufgestellt,
um zu sehen, wie der Altvogel sich verhält!
Er kam gleich angeflogen,
um sich seinen Teil zu holen!
Das war für uns das Zeichen,
konnten den Kleinen das Futter reichen!
Es war dann so,
Hackfleisch wurde gekauft bei A&O!

Die Ersten Geh-u. Flugversuche gingen in die Hose,
denn mein Schwanz war fast noch federnlose!
Mama gab mir Anweisungen im Detail,
sie hat es leicht, Federn steckten in ihrem Hinterteil!
Es wäre halb so schwer,
wenn der Seitenwind nicht wär'.
Kaum steh ich auf den Füßen,
haut es mich von diesen!

Jetzt ist es Zeit zur Mittagsruh',
schließe meine Äuglein zu.
Hier ist oberstes Gebot,
zwischen 1 u. 3 ist Flugverbot!

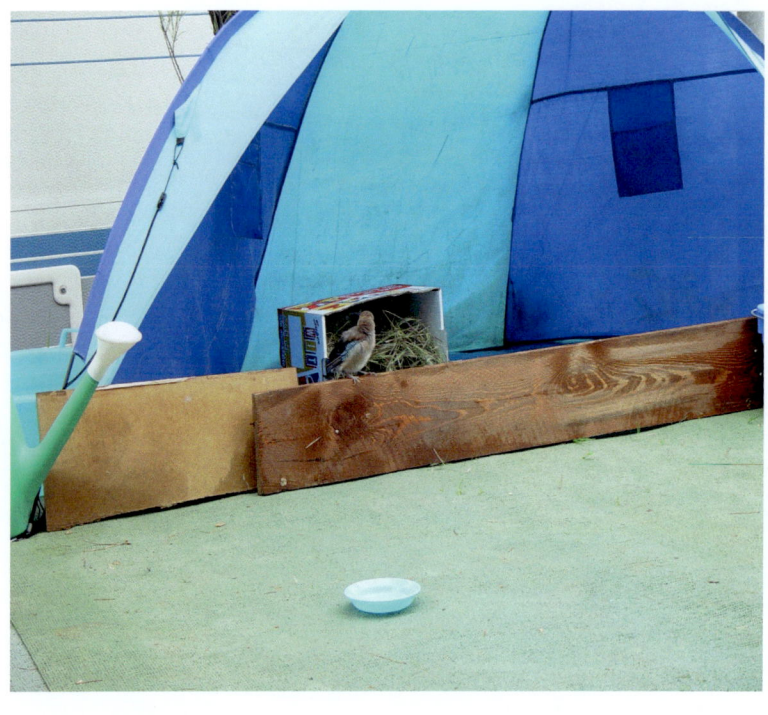

Der nächste Tag war kein Spaß,
es regnete, ich wurde nass!
Der kalte Wind warf mich glatt um,
ich schrie ganz laut, mir wurde es zu dumm!
So bekam ich ganz schnell,
einen Unterstand auf der Stell!
Der Griller wurde weggeräumt,
ich hatte ein eigenes Zelt, von dem jeder Vogel träumt!
Drinnen ein warmes Nest mit frischem Heu,
am Boden Katzenstreu!
Das war sehr schön,
den Regen vom Zelt aus zuzuseh`n!
Im alten Nest, hoch droben am Baum,
war es bei Regen ein Albtraum!

Mama kommt heut auch nicht vorbei,
ich weiß schon, weil ich nicht schrei!
Mir geht es gut, der Bauch ist voll,
ich find das einfach toll!
Heute fällt die Flugstunde aus,
es ist schön in meinem Haus!
Beim Fliegen werden die Federn nass,
das macht doch keinen Spaß!
Gestern brachte mir Mama Schnecken mit,
die schmeckten nicht igitt!
Da hüpf ich lieber ins Vorzelt hinein,
da stopft mir Ilse gutes Hackfleisch rein!

Langsam muss ich schlafen gehen,
ob ich gleich schlaf, nun, man wird sehen,
im Vorzelt kann noch viel geschehen!

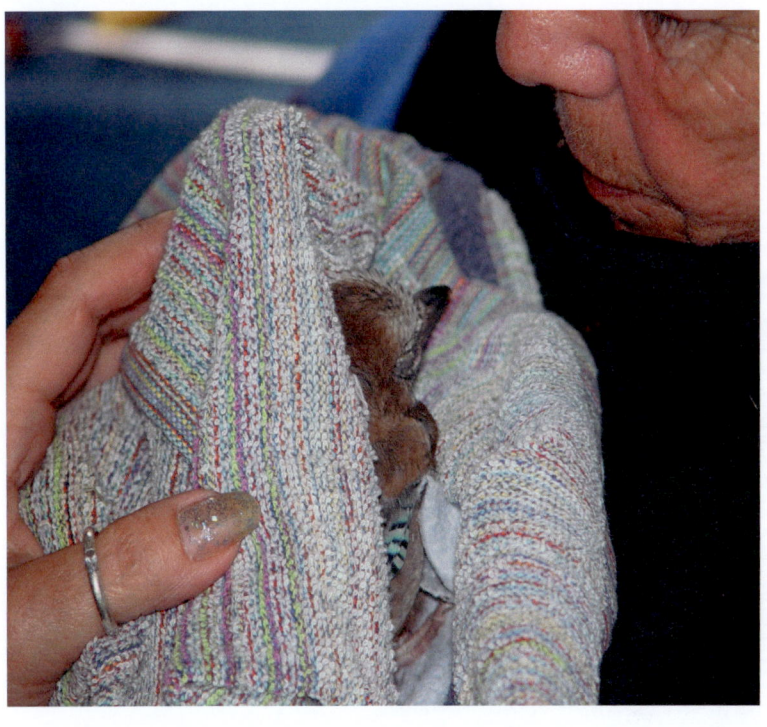

Da werde ich in den Schlaf geschaukelt,
was mir einen schaukelnden Ast vorgaukelt.
Und im Nu,
fallen mir die Augen zu!
Dann werde ich vorsichtig ins Nest gelegt,
und mit einem Badetuch zugedeckt.
Ist es ganz finster im Nest,
schlaf ich ganz tief und fest!
Meine Schwester hatte heute Nacht ein Missgeschick,
fiel aus dem Nest und brach sich das Genick!
Die Hilfe kam, wie es so geht,
für sie leider viel zu spät!
Der Sturm brach erst am Morgen ab,
ach wisst Ihr, wie schön ich es hier hab?

Heute in den Morgenstunden,
flog mein Bruder seine Runden.
Nach 20 Meter Sinkflug gab es eine Außenlandung,
die war noch nicht in Planung!
Er krachte ins Gestrüpp,
dabei hatte er noch Glück!
Die Bergung fand sofort statt,
noch bevor ihn die Katze hat!
Nach einem Frühstück bei mir,
gesellte er sich auch zu mir!
Ich schimpfte ihn tüchtig aus,
denn er schupste mich vom Nest hinaus!
Er fing gar nicht an zurück zu schrei`n,
er sah seinen Fehler ein!

Das Fliegen ist nicht schwer,
wenn nur die ruppige Landung nicht wär!

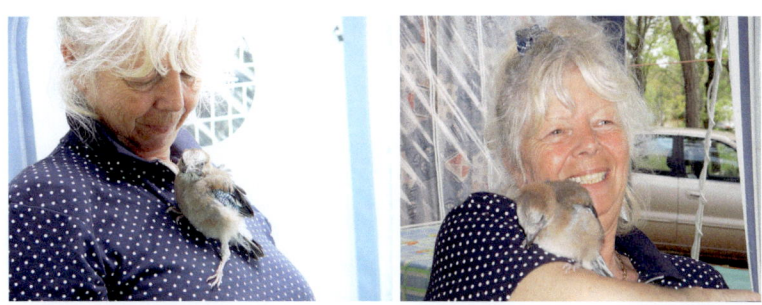

Bei solch Voraussetzungen glückt sie auf jeden Fall,
wie hier, weiche Landung überall!

Mama kam noch schnell vorbei,
und fütterte uns drei!
Mein großer Bruder ist schon gut beim Fliegen,
sie muss hoch fliegen, um ihn zum Füttern zu kriegen.
In Bodennähe bleiben wir beide,
da füttern unsere Mamas uns beide!

„Burli" wird ins Vorzelt geholt,
da draußen das Gewitter grollt!
Da gibt es noch schnell das Abendessen,
inzwischen wird unterdessen,
das Nest hergerichtet für die Nacht,
damit er schläft und nicht aufwacht!

Am Morgen will „Burli" nicht aufsteh`n,
das Wetter ist kalt und nicht schön,
könnt Ihr das versteh`n?
Er wartet bis die Sonne lacht,
dann werden weiter die Flugübungen gemacht!
Um den Start zu beginnen,
muss „Burli" erst einen Baum erklimmen!
Ist er oben angekommen,
wird der Abflug in Angriff genommen!
Der Bergungstrupp steht schon bereit,
gleich ist der Abflug, dann ist es soweit!

Sein Flug ging durch den Pinienwald,
auf einer Hausdachrinne, dort verlor er seinen Halt!
So stürzte er auf den Balkon,
unten wartete die Katze schon!
Seine Eltern machten ein großes Geschrei,
als wäre das Leben von „Burli" bereits vorbei!
Denn wäre er durch das Geländer gerutscht,
hätte die Katze ihn verputzt!
Nach bangen Minuten erfüllte sich sein Traum
und landete auf einem katzensicheren Baum!

Habt Ihr „Burli" schon entdeckt,
er sich in der Bildmitte gut versteckt!
Dort verbrachte er viele Stunden,
bis er plötzlich war verschwunden!
Es waren viele beim Suchen am nächsten Tag,
doch keiner ihn zu finden vermag!
Ein Italiener kam sodann, mit „Burli" an,
er freute sich, als er sein altes Zuhause sah,
denn „Mama" war mit Futter da!
Bei jedem Happen den er bekam,
fing er laut zu schreien an!
Alle schauten, was ist hier los,
warum schreit denn „Burli" bloß?
Der Hunger war doch riesengroß!
Bei einer so weiten Flugreise,
benötigt man anschließend doch Trank und Speise!

Jetzt ist er müde, der Bauch ist voll,
im Nest zu Hause findet er es toll!

Am Nachmittag kommt Mama zum Flugunterricht,
da gibt es kein Drücken, Teilnahme ist Pflicht!
Am Dach ist die Startposition,
ab geht's auf und davon!

Wir suchten „Burli" viele Stunden,
dann haben wir ihn gefunden.
Er war bei seiner Familie hoch auf dem Baum,
blieb auch in der Nacht, träumte seinen Traum!
Am Morgen riefen wir, „Burli" komm zurück,
er antwortete sofort, doch wir hatten kein Glück!
Er hüpfte von Ast zu Ast,
schlug mit den Flügel kreischte laut, fast
glaubten wir er kommt uns besuchen,
doch es blieb bei den Versuchen!
Inzwischen kamen die Eltern vom Baum geflogen,
um das Frühstück für die Kleinen abzuholen!
So ist die Familie wie mir scheint,
wieder vereint.

Am Baum herrscht Hochbetrieb im Flugverkehr,
am Boden regt sich überhaupt nichts mehr!
Verwaist ist „Burlis" Nest am Boden,
er befindet sich nur mehr oben!
Auch seine Brüder kommen nicht,
das Leben im Baum ist Pflicht!
Nur die Eltern kommen schon am frühen Morgen,
um die Jungs mit dem Frühstück zu versorgen!
Da hört man vom Baum das Geschrei,
wenn sie gefüttert werden alle Drei!
Ist die Futterschüssel leer,
fliegen die Eltern bis zur Eingangstür her!
Um darauf hinzuweisen,
es gibt nichts mehr zu speisen!

Nach einer Woche Leben auf den Bäumen,
flogen sie der Mama nach, um nichts zu versäumen!
Es wurde ihnen gezeigt was man alles essen kann,
und die Verhaltensregeln, kommt man am Boden an!
„Burli" und seine Brüder,
kommen nun alle Tage wieder!
Nur wie das Selberessen geht,
keiner von ihnen so recht versteht!
Kommt mit dem Schreien und Flügelschlagen,
das Frühstück von selber in den Magen?
Oder sollte man, wie beim Federn putzen,
auch den Schnabel mitbenutzen?
Wie ist das, wenn es am Schnabel klebt,
und nicht mehr von alleine herunter geht?
Nur nicht verzagen,
die Mama fragen!

Wenn die Mama mit den anderen beschäftigt ist,
und „Burli" Hunger hat, dann selber isst!
Doch kommt die Mama dann herbei,
geht von vorne los das Geschrei!
Bequemer ist es, wenn er sie um Futter bittet,
sie ihn dann richtig füttert!

(Seine Brüder)

War das Wasser vor einer Woche auch so tief,
oder halte ich den Kopf so schief?
Die zweite Mama lernte mir das Baden,
doch nur bis zu den Waden!
Meine Brüder sind noch ganz wasserscheu,
doch für mich ist das nicht neu!
Ich weiß, an heißen Tagen,
kann ich ein kühles Bad gut vertragen!

Heute am frühen Morgen,
gab es für die Jungs was hinter die Ohren!
Die Mama stellt langsam das Füttern ein,
doch die Jungs sehen das nicht ein!
Die sitzen auf den Bäumen,
und dösen dahin und träumen!
Fliegt die Mama kurz vorbei,

machen sie ein lautes Geschrei!
Das Frühstück wird heut' nicht serviert,
da haben sie sich geirrt!
Hört einer nicht zu schreien auf,
gibt's etwas von der Mama drauf!
Sie fliegt zur Futterschüssel am Boden
und wartet bis die Jungs es selber holen!

Hat das Frühstück gut geschmeckt,
es die Lebensgeister weckt!
Hier wird ein Kopfstand ausprobiert,
bis man das Gleichgewicht verliert!
Liegt man dann am Boden,
steht man auf und fliegt nach oben!
„Burli" hält nicht viel,
von dem seltsamen Spiel.
Als er gerade seine Federn hat gezählt,
hat doch glatt wieder eine gefehlt!
Federnpflege hält er für sehr wichtig,
so findet er ein Bad für richtig!
Es macht doch riesig Spaß,
sind sie so richtig nass!
Die Sonne trocknet sie,
toll fühlt sich das Federnvieh!

Wenn „Burli" das Bad benützt,
ordentlich das Wasser spritzt!
Seine Brüder eilen herbei,
besichtigen die Sauerei!
Ist das Bad beendet,
der Flug am Ast endet.

Der große Bruder dann,
schaut sich die Badewanne an,
ob auch er darin baden kann?
Er dreht sich hin und her,
doch der Schwanz passt nicht in die Wanne sehr!
Und auch der zweite,
die gleiche Pleite!

Wie er sich auch wendet,
der Schwanz am Ende endet!
Die langen Federn ecken überall an,
was man dagegen wohl machen kann?
Da hat es „Burli" leicht,
seine Feder nicht bis zum Rand reicht!
Fliegen ist schlecht, doch beim Baden recht!

Sind die Jungs mal nicht zu sehen,
kommt die Spatzenfamilie schnell nachsehen!
Da wird gefuttert schnell und in Eile,
bis die Jungs kommen dauert es keine Weile!
Denn ist der Hunger riesengroß,
so ist der Jungspatz sein Leben los.
Schnell ein Bad, bevor uns jemand hat!

So sah ich noch vor Wochen aus,
kaum Schwanzfedern, zum Fliegen ein Graus!
Auch die übrigen Federn waren schütter,
das Leben war sehr bitter!
Als ich damals aus dem Nest gefallen bin,
knickten alle Schwanzfedern, waren hin!
Die restlichen fielen mir bei Bruchlandungen aus,
so sah die Lage damals aus!
Der Wind blies mir durch das Federnkleid,
doch für mich lag ein warmes Nest bereit!
Ich bekam jeden Tag meine Medizin,
da war Federnwuchsmittel drin!
Zu jucken fing es langsam an,
das Leben wieder begann,
die Federn waren wieder dran!

6 Wochen nach dem Nestabsturz,
wachsen die Schwanzfedern, sind nicht mehr so kurz!
Nur die Landung ist etwas ruppig,
da die Federn noch nicht üppig!
Besser geht schon das Fliegen,
so dass die anderen ihn nicht mehr so leicht kriegen!
Jetzt fliegt er schon ohne Plag,
den Brüdern und der Mama nach.
Das Selberfressen klappt auch immer besser,
„Burli" wird langsam größer!
Zwischendurch ein kühles Bad,
er immer wieder nötig hat!
Das hat die scheue Amsel auch gesehen,
so sieht man sie auch hin und wieder baden gehen!

Heute ist ein schöner Tag,
den die Amsel zu schätzen vermag!
Ist die Badewanne grad nicht besetzt,
sich der Vogel ins Wasser setzt!
Die Federn sind klitsch nass,
toll ist der Riesenspaß!
Die Spatzen schauen dem Treiben zu,
ist der Platz frei, geht es hinein im Nu!

Die Jungs sind groß und abgehaut,
wird ein anderes Nest gebaut!
Schon nach kurzer Zeit,
steht ein neues Nest bereit!
Und im Handumdrehen,
kann man 3 kleine Schnäbel sehen!

Die Mama ist mit ihren Kindern nun allein,
der Vater kehrte nicht mehr heim.
So hatte sie es schwer,
fand nicht genügend Futter, er fehlte sehr!
Der Kleine verstarb nach dem letzten Regen,
so blieben noch zwei am Leben.
Mein Bruder wurde, wie das so geht,
vom starken Wind verweht!
Mama kam lange nicht nach Haus,
so zog ich vom Nest aus!
Der Durst plagte mich sehr,
die Sonne schien auf die Federn immer mehr!
Im Gleitflug ging es auf den Boden,
und wurde sogleich sanft aufgehoben.
Ich hatte große Angst und zitterte sehr,
doch bald hatte ich keine Angst mehr!

Denn am Campingplatz,
wusste jeder vom Vogelpflegeplatz!
Da ist Mama Jlse, die weiß Rat!
Am nächsten Tag ein Freudenschrei,
jemand brachte meinen verwehten Bruder herbei,
somit war er „Burli" Nummer drei!

Die Bäuche sind jetzt voll, der Durst gestillt,
der Kleine sich jetzt müde fühlt!
Ein Mittagsschläfchen ist jetzt angesagt,
wenn die Müdigkeit sie plagt!
Die Augen fallen zu,
der Kopf senkt sich im Nu!

Drei Wochen sind nun vergangen,
wir brauchten nicht mehr um die Jungs' zu bangen!
Die Mama zeigt unterdessen,
wo es gibt immer gutes Essen!
Langsam kommt die Zeit,
da wird nicht mehr gefüttert wie heut'!

Hat sich da was geregt, sich ein dicker Wurm bewegt?

Ich hab ihn, er ist schon in meinem Schnabel drin!
Nach einer erfolgreichen Beute,
erfolgt ein gemeinsames Bad heute!

Wenn alle in Caorle baden geh'n,   ?XXL?
sollen wir da vielleicht nur zuseh'n?
So haben alle Leser einen Lebensabschnitt gesehen,
werden wir uns nächstes Jahr in Caorle wiedersehen?
Wir haben nur eine Bitt', bringt viel gutes Futter mit!
Denn groß wird im nächsten Jahr,
die Eichelhäherkinderschar!   Caorle, 27.07.2004

Der Abschied von „Burli" und Caorle fiel nicht leicht,
ob die Erinnerung bis zum nächsten Jahr reicht?
Nun wie war es nach einem Jahr?
Burli war mit seiner Familie da!
Schon beim Aufbau dachten wir,
wer schreit so laut, ist gar „Burli" hier?
Mein Blick fiel auf den nahen Baum,
er saß da, es war kein Traum!
Er putze sein schönes Federnkleid,
dachte sich, ich hab heut' Zeit,
ich sitze solange hier,
bis die erste Nuss ist da bei mir!
Alle kamen uns besuchen,
um hier nach Futter zu suchen!
„Burli" wusste, wo die Nussdose ist versteckt,
alle haben ihren Schnabel hineingereckt!

„Burli" der Eichelhäher,
kam heute einmal näher!
Wir sind der Meinung, er hat uns erkannt,
kam sogar in das Vorzelt nachgerannt!
Schnell wurden Nüsse ausgelegt,
die wurden von ihm gleich zerlegt!

„Burli" der Eichelhäher aus dem Vorjahr,
war heute wie immer da!
Kam durch das Eingangstor spaziert,
dachte sich, hat das noch keiner kapiert?
Ich warte seit Minuten schon,
auf meine tägliche Nussration!

Die heurigen Jungen sind schon groß,
man merkt es nur an den flaumigen Federn bloß!
Aus dem Nest fiel diesmal keiner,
von den Jungen sind drei da.
Sie werden gefüttert auf dem Baum,
man muss da genau hinschau'n!

Heute war ein heißer Tag,
man sieht, dass „Burli" gebadet hat!
Jetzt hat er eine super Stehfrisur,
benützte kein Gel oder Taft, nur Wasser pur!
Heute fliegt er mit seinen Brüdern aus,
bleibt diesmal nicht zu Haus!

Die Federn werden heute,
natürlich luftgetrocknet, Leute!
Brauche keinen Föhn,
das Wetter ist doch sehr schön!

Jetzt bin ich der sauberste Vogel vom Campingplatz!

Am Boden ist kein Krümel,
ausgeleert ist der Kübel,
die Nüsse sind aus,
einfach ein Graus!
Muss ich einen lauten Schrei machen,
damit hier alle aufwachen?

Am Baum ein Riesengeschrei,
„Burli" mit Familie kam vorbei!
Da gibt es frisches Brot zu fressen,
das größte Stück will jeder fressen,
Jeder will der Erste sein,
versuchen es mit schrei'n!

Ja ist es denn die Möglichkeit,
„Burli" macht Inspektion heut!
Hängt der Besen noch ganz grad,
den Ilse gerade benützt hat?
Oder wie schaut der Schneebesen aus,
kehrt sie damit aus?
Hält der Haken noch ganz fest,
sonst fällt herunter der Rest!
Am Dach ist ein Fleck,
geht dieser nicht weg?
Wie schaut das Handtuch aus,
geht sich das heut noch aus?
Das habe ich mir gedacht ,
warum wurde kein frisches Wasser gebracht?
Wo ist das Weißbrot diesmal versteckt,
ich habe überall den Kopf hinein gesteckt!

Übrigens, wo sind die Nüsse,
die ich schon seit Stunden vermisse?
Langsam wird es Zeit,
ich habe Hunger heut!
Ist hier keiner zu Haus?
Auch gut, so such ich sie mir selber aus!

Jetzt ist „Burli" fündig geworden,
er stopft sich mit Nüssen voll bis hinter die Ohren!
Da kann er sich richtig mit seinen Kumpels laben,
er ist in einem Selbstbedienungsladen!
Doch da gibt es ein Malheur,
die Dose ist schon fast leer!
Da müssen neue Nüsse her!
War am Ende die Familie der Meisen,
hier beim Speisen?
Oder der Spatzenpapa,
mit seinen Kindern da?
Ich muss in Zukunft da mehr aufpassen,
um nichts zu verpassen!
Übrigens die Nüsse sind salzlose,
es sind nicht dieselben, wie das Foto auf der Dose!

Am Morgen um halb acht,
bin ich durch Geflatter aufgewacht!
Die Nussknackerbande hatte alle Nüsse verzehrt,
machten Krach, der sich nicht gehört!
Einer hat die Nussdose entdeckt,
schon wird sie geleert, das hat ihnen geschmeckt!

Bei den Nussknackern ist immer was los,
sitzen am Blumentopf und zupfen die Blüten los!
Oder sehen zur Tür herein,
mit dem Gedanken, wo könnte was zu fressen sein!
Es wird alles gesehen und registriert,
geschrieen, wenn die Katze mal durchmarschiert!
Sitzt man Mittag beim Essen,
darf man die Nussknacker nicht vergessen!
Denn hat man nicht bereit die Nüsse,
gibt es ein Geschrei, bis man holt diese!
Man glaubt, es ist nur einer da,
wirft die Nuss, plötzlich sind bis 7 auf einmal da!
Schon kann man wieder aufstehen,
um neue Nüsse holen zu gehen!
Zwischendurch passt auch ein Stück Weißbrot,
doch das geht nur zur Not!

Das waren wahre Geschichten,
ich hoffe, Sie fanden Gefallen an den Gedichten!
Da gibt es noch vieles zu schreiben und dichten.
Ich kann „Felix" die Eidechse nicht vergessen,
die kam pünktlich um 12 Uhr zum Essen!
Dem Gesang der Nachtigall in der Nacht zu lauschen,
in der Ferne hört man die Brandung rauschen!
Bei Sonnenaufgang wird man von „Klopfi" dem Specht,
mit Getrommel auf einer Blechtafel geweckt.
Er hört erst auf, wenn er die Nuss hat entdeckt,
die ich am Abend hinter der Rinde versteckt.
Um durch das Klopfen nicht alle aufzuwecken,
muss ich schnell am Morgen Nüsse verstecken.
Da gibt es den Spatzenpapa,
der war mit seinem Sohnemann da,
nahm das Brot, ich finde es sonderbar im Land,
nicht vom Boden, nur von der Hand!
Die Schwanenfamilie im Livenzafluss,
von diesen ich das nächste Buch schreiben muss!
Vom Nestbau, bis zum Schlüpfen aus dem Ei,
ich war immer live dabei.

Alle Bilder wurden am Naturcampingplatz
Santa Margherita in Caorle aufgenommen.
Caorle, 2004 – 2005   Charly

Impressum:
Herstellung und Verlag:
Books on Demand GmbH, Norderstedt,
Bilder, Reime, Gestaltung, Autor: Karl Breitenegger
Copyright © 2008 by Karl Breitenegger
ISBN: 9783837012606